Ah, é?

Dalton Trevisan

Ah, é?

Ministórias

todavia

[1]

O amor é uma corruíra no jardim — de repente ela canta e muda toda a paisagem.

[2]

Homem de terno cinza no calçadão, enlevado com as jovens banhistas. Eis a senhora gorda, vestido vermelho de bolinha, um filho na mão e outro no colo:

— Para de olhar, João. Em casa você tem à vontade. Uma que vale por todas.

[3]

Tiritando ao sol, pires perdido sem xícara, o viúvo chupa deliciado uma bala azedinha.

[4]

— Você anda de romance com outro.
— Vou me encontrar com um homem. E daí?
— Cuidado, menina.
— Já não presta na cama. Você não é de nada.
— E quem paga o teu dentinho de ouro?

[5]

Aos quarenta anos você pede menos que Diógenes, nem reclama da sombra de Alexandre na soleira do tonel.

[6]

— Um doutor de tanta cerimônia. Falava explicado e tudo com vírgula. De repente a vertigem e a queda. Agora o discurso inteiro…

— … tem só duas palavras — *puuuta meeelda*.

[7]

O falo ereto — única ponte entre duas almas gêmeas.

[8]

— Eu fujo e me escondo no paiol. Então vai para o quintal. E a criação é quem paga.

— O que ele faz?

— Galinha, ele cerca — *ó filha de uma cadela*. Bem assim. Pega pelo pescoço, rodeia no ar, atira longe.

— Barbaridade.

— Elas ainda saem pulando, sem saber que estão mortas.

[9]

Sua danação por Maria permitiu-lhe entender Lucrécia Bórgia, Madame Bovary, Anna Kariênina. Ah, pudesse apagar o sol, presenteá-la com a noite sempiterna.

[10]

No aniversário dos dez anos, o melhor presente: uma lata de balas Zequinha. Fui para a cozinha atrás da copeira, o dobro de idade e tamanho. "Quer uma bala, Ana?" *Quero*. "Então levante o vestido." Ela ergueu um tantinho — e eu fui dando bala. Acima da covinha do joelho uma nesga imaculada. Em grande aflição: "Levante mais um pouquinho". Ai, se pudesse ver a calcinha. Com a lata cheia de balas, um colibri nanico nas asas da luxúria. A Ana descalça no terreiro, eu no degrau da escada. Boca da noite, o lampião da cozinha alumiava as pernas, ela suspendia o vestido com a mão esquerda, um lado mais que o outro — nunca verás, criança. Sim, eu vi: duas coxas inteiras, fosforescentes de brancura. O que eu fiz? A ideia foi dela — e só os dois sabemos.

[11]

Reinando com o ventilador, a menina tem a falange do mindinho amputada.

Desde então as três bonecas de castigo, o mesmo dedinho cortado a tesoura.

[12]

— Ai, que moça deliciosa. Quase não falou. Até o silêncio era inteligente. Sorriso triste, é verdade. Mas que dentes, que olhos!

— Lili? Fraca da ideia, coitada. Não desconfiou pelo sorriso? Até hoje molha na cama.

[13]

Domingo inteiro em pijama, coça o umbigo. Diverte-se com os pequenos anúncios. Em sossego na poltrona, entende as borbulhas do gelo no copo de bebida. Uma velhice tranquila, regando suas malvas à janela, em manga de camisa. Única dúvida: ganhará o concurso de palavras cruzadas?

[14]

— Peça perdão, assassina da minha alma.
— Tudo, João. Só não me mate.
Vi a morte nos olhos, achei força de empurrá-lo. João cambaleou, alcancei uma acha de lenha. Bati duas vezes na cabeça dele, que derrubou a faca. Tonto e fraco, caiu de joelho.
— Me mate, mulher. Senão você morre.
Saía sangue pelo nariz e a boca. Meio que se aprumou:
— Se me levanto, diaba, é o teu fim.
Suspendi a acha, fechei o olho, dei o terceiro golpe.
— Morre, desgraçado.
A força de mãe foi que me valeu.

[15]

Solta do pessegueiro a folha seca volteia sem cair no chão — um pardal.

[16]

— Na cama o João vem pra cima de mim. Uma transa lá entre ele e a minha perna. Não estou nem aí.

[17]

— Mais triste foi o cavalinho. Que é de estimação. Lá no potreiro, o João correndo atrás. Como um desgraçado: *Pare aí, seu...* Quer que se atole no banhado. Estrala o chicote. Para fugir o pobre se rasga no arame farpado.
— Judiação.
— Até que, cansado, o cavalinho se entrega. Suspira fundo. Olho branco só espuma. Todo sacudido de arrepio. No chão a sombra lavada de suor.
— Assim é demais.
— Daí o João se chega. Sabe aquele balancim da carroça? Ele agarra o coitado pelo queixo. Dá com o ferro na cara. Esguichando sangue da venta e da gengiva.
— Mãezinha do céu.
— Quebrou todos os dentes do cavalinho.

[18]

Excitação maior que despi-la? É livrá-la do óculo. Mais nua de estar sem óculo que sem roupa.

[19]

— Sempre vaidoso, o meu velho. Primeiro me fez ir ao alfaiate. Estreitar um palmo na cintura da calça.

— Tão acabadinho, coitado.

— Agora vou ao sapateiro. Mais três furos no cinto.

— Será que desconfia?

— Bem iludido, o pobre. Daquela cama se levanta nunca mais.

[20]

O tico-tico, ao dar com o negro filhote de chupim, não expulsa do ninho a fêmea inocente?

[21]

Ela disse que não. Ele pediu, pelo amor da santa mãezinha, em nome de Jesus Cristinho. Segunda vez ela disse não. Não, ela disse.

Um cachorro danado que estala os dentes, João queria morder o próprio rosto. De repente o revólver explodiu na praça e levantou um bando de pombas.

Tão linda, Maria sangrava por três bocas. Ela já não era — um vestido vermelho fora do corpo.

[22]

O coração da bem-querida: oco de pau podre, aqui floresce aranha, serpente, lacraia de fogo.

[23]

Com a morfina seu João esmorece, aliviado.

— Agora está melhor. Chegando o fim.

À sombra da laranjeira trina o canarinho. A velha espia da porta, sem coragem de entrar. Ele geme:

— Puxa, como dói.

Num longo suspiro:

— Agora me vire. Bem deva...

No meio da palavra, se foi. A velha para o relógio da sala — cinco e dez em ponto. Pintassilgo, canário, sabiá começam a cantar. Bem o velho tinha razão:

— Quando está para chover eles fazem música.

[24]

No famoso randevu da Dinorá. Dez da noite, você entra, bêbado de paixão:

— A Nenê está?

— Lá no quarto. Ocupada.

A gravata azul de bolinha, uma brasa viva mordendo o teu peito.

— Algumas têm tudo.

— ...

— Só à noite ela já fez cinco jarros.

[25]

Ao internar o marido alcoólatra no asilo, quando perguntam da profissão, ela diz:
— Funileiro.
E o bêbado, em triunfo:
— Isso aí. Agora tenho profissão, não é?

[26]

Mal a pobre se queixa:
— Ai, que vida infeliz.
Ele a cobre de soco e pontapé:
— E agora? Está se divertindo?
Apanha ela (grávida de três meses) e apanham as cinco pestinhas. Uma das menores fica de joelho e mão posta:
— Sai sangue, pai. Não com o facão, paizinho. Com o facão, dói.

[27]

A besta do Apocalipse, quem diria, reduzida a cobrar o dízimo dos fiéis.

[28]

Era um homem trôpego, calça branca, sem camisa, a faca enterrada no peito e sangrando.

— Ai, o que você fez?
— É segredo meu. Não tem nada com isso.

[29]

Uma tarde, grávida do segundo filho, prontos para ir à feira. Bate na porta um negro com cesto de laranja. João disposto a regatear.

— Você na frente, querida. Eu já vou.

Mas não foi. Na volta, ela acha tudo em ordem. Não é demais, tanta ordem? Mesa arrumada. Cama cuidadosamente estendida. A fruteira transborda de laranja, ainda verde. Na casa imaculada, João só esquece a catinga do negro, medonha no quarto.

[30]

— Por você, amor, esfrego olho de vaga-lume nas unhas...
— Ui, credo.
— ... que acendem no escuro o teu nome.

[31]

O velho coronel, bem tristonho:

— Chamado às armas, diz presente e meio que se perfila, o sargentão. Ai dele, já sem força de bater continência.

[32]

— Trabalho o dia inteiro pensando nele. Entro em casa, o carinha com duas pedras na mão. Me cobra, reclama, agride, chora. Exige o brinquedo mais caro. Ai, vontade de fugir, nunca mais voltar.

— Ah, é? Por que não pensou antes? Bem lhe disse: comece com um vasinho de violeta. Uma coleção de bichos de vidro. Depois um peixe vermelho no aquário. Em seguida um gatinho branco. Filho? Só no fim da iniciação.

[33]

Daí perguntou qual era o meu nome, Joana eu disse, quantos aninhos você tem, oito eu disse, você quer uma boneca de cachinho, quero eu disse. Ele prometeu todas as bonecas de cachinho se eu não gritasse.

Uma tarde foi no quarto. Não na cama e sim no guarda-roupa. Me arrumou em pé com a porta aberta, de maneira que fiquei da altura dele.

Engraçado, sabe que nunca me beijou na boca?

[34]

Rataplã é o gato siamês. Olho todo azul. Magro de tão libidinoso. Pior que um piá de mão no bolso. Vive no colo, se esfrega e ronrona.

— Você não acredita. Se eu ralho, sai lágrima azul daquele olho.

Hora de sua volta do colégio, ele trepa na cadeira e salta na janela. Ali à espera, batendo o rabinho na vidraça.

Doente incurável. O veterinário propõe sacrificá-lo. A moça deita-o no colo. Ela mesma enfia a agulha na patinha. E ficam se olhando até o último suspiro nos seus braços. Nem quando o pai se foi ela sentiu tanto.

[35]

Ao acordar, o distinto chama as filhas. Que uma lhe lave os pés. Outra penteie o cabelo. E, todo nu, façam massagem pelo corpo.

— Não sou o galã do barraco?

Agarra e beija as mais velhas — com força e na boca.

— Filha minha não é pra outro.

Você piou? Já viu: apanha sem dó.

— Essas eu fiz pra mim. Qualquer dia me sirvo.

[36]

Noites inteiras o velho cochila sentadinho torto na poltrona.

— Por que não deita na cama?

— Lá sou bobo. Dormir, eu? Não acordo nunca mais.

[37]

— Tua professora ligou. De castigo, você. *Beijando na boca os meninos.* Que feio, meu filho. Não é assim que se faz.

— ...

— Menino beija menina.

— Você é gozada, cara.

— ...

— Pensa que elas deixam?

[38]

Da traição da moça bem se vinga no jardim.
Corta o antigo pé da glicínia azul.
Arranca os botões e quebra os galhos da azaleia.
Malha com força a trepadeira de maracujá.
Verte gostosamente água no canteiro de açucena.

[39]

No olho azul do moço ele viu o seu fim. Ainda ergueu a mão, o primeiro tiro furou a palma.

— Não atire. Já estou baleado.

E recebeu o segundo e o terceiro. Na calçada uma pocinha de sangue, outra de água.

— Conhece que está morto.

O moço deu mais um tiro para certeza.

[40]

— Pobre João, pescocinho fino e olho apagado. Não tem pena, Maria?

— Peninha de mim. Esse aí morre, um vestido vermelho eu compro.

[41]

— Vivo só para ele. Pensa que reconhece? Mas não me arrependo.

— Ainda beija na boca os meninos?

— Agora aprendeu. O que me pede, o carinha, já viu? Se fazendo bem pequeno.

— ...

— *Me dá o peito, mãezinha? Um pouquinho só, antes de dormir. Mesmo sem leite?*

[42]

— O Raul, pintor de aquarela no domingo, judiava da Lili. A triste era diabética. Passava fome. Quando morreu, tão pobre, foi enterrada com o vestido emprestado pela vizinha.

— Ele judiava de que maneira?

— De todas. Deixando-a só. Negando comida. Até surrando.

— É vivo?

— Com mais de setenta. Vivinho e lampeiro.

[43]

— Uma coruja? Tão triste.

— Para mim é linda. Já viu olho igual? Amarelo e azul. Do campo, essa prefere inseto. Na caça de mosca eu sou campeã.

— Não prende na gaiola?

— Credo. Solta pela casa. E tem gente capaz de atirar. Dolorosa, não se mexe. Grande olho adorando o seu matador.

[44]

Dois malditos carrascos a torturar um ao outro. Nela tudo lhe desagrada: a boca pintada, o sestro de beber água e deixar um resto no copo, a maneira de cortar o bife. Assim a ela aborrece o seu cabelo comprido, o passo truculento que abala os cálices na prateleira, o pigarro de fumante. Por amor dela contraiu bronquite, gemeu dores de estômago, padeceu vágados de cabeça e — ainda era pouco — três furúnculos no pescoço. Mas não hoje. Que ela surrupie do seu prato uma batatinha frita, capaz de lhe morder a mão: Te odeio, bruxa velha.

[45]

Se a filha do Pádua não traiu, Machadinho se chamou José de Alencar.

[46]

No gesto mágico, duas vezes nua. João se contém para, de mão posta, não cair de joelho. Quem vê uma mulher nua já viu todas? Aí se engana, cada uma é todinha diferente. Ah, que bom, aprender tudo outra vez.

[47]

Ele mordisca o seio direito:
— Aqui o pão.
Depois o esquerdo:
— Aqui o vinho.
Tão iguais, por que sabem diferente?
— Agora molho o pão no vinho.

[48]

— Minha avó mora no sítio, apaixonada por um cara que foi padre. Ela dá um tiro nele e acerta na vaquinha. É presa. Meu avô começa a beber, vive internado, quando vem para casa quebra tudo. Daí meu pai, cada vez que me bate, consola: *Dê graças que eu não bebo. Seria muito pior.*

[49]

— Por que não me enterra a faca no coração? É mais perversa. Corta uma lasquinha, mal sai sangue. Outro tantinho, rasga gentilmente. Cada dia, na pinça de relojoeiro, arranca um fio de pele. Olhe para mim, assassina. Todo em carne viva. O corpo inteiro esfolado. E você, lambendo as unhas, impune. É o crime perfeito.

[50]

— Apaixonada por um, transo com outro e gozo pensando no coroa de cinquenta anos — o único que me faz sonhar. Meu Deus, como sou dividida. Acha que isso é normal?

[51]

Ele manda e desmanda no vento. Ralha com a chuva. Castiga o raio. Silencia o protesto do trovão.

Só pela velha não é obedecido.

[52]

— Maria, eu amo você. Não posso viver longe.

— Você não me ama. Está bêbado. Confunde amor com orgulho. Muito ferido. É um leão que lambe as feridas.

— Ah, leão, é? Quer saber? O que sou?

— ...

— Um boi velho atolado no brejo. Perdido, já não se mexe. Sem força de mugir.

— ...

— Não é que uma brisa mais doce alivia o mormaço, espanta a varejeira, promete chuva?

— ...

— A brisa é você, Maria.

[53]

Desista, cara. Já tentou riscar no papel o voo fácil da corruíra catando ao vento ossinho de borboleta?

[54]

Você pode contar nos dedos as pequenas delícias da vida: o azedinho da pitanga na língua do menino, a figurinha premiada de bala Zequinha, um e outro conto de Tchékhov, o canto da corruíra bem cedo, o perfume da glicínia debaixo da janela, o êxtase do primeiro porrinho, o beijo com gosto de bolacha Maria e geleia de uva, um corpo nu de mulher.

[55]

— Cadê a Maria?
— Lá na cama. Depois de cada discussão corre se deitar. *Apague a luz que vou morrer* — e cobre a cabeça com o lençol.
— Tadinha.
— Que nada. Só de fiteira.

[56]

Depois de escrever com o dedo na terra, Jesus fala aos acusadores da mulher adúltera. Ali no meio do povinho, Ester, Safira e Jezabel, famosas puritanas, cada uma com dois seixos na mão.

Mal Jesus remata com quem for sem pecado atire a primeira pedra, João acode:
— Falou e disse, ai Jesus.
E a puxá-lo firme pela manga:
— Se abaixe, Mestre, lá vem pedra.

[57]

No guardamento da velha:

— Deu no que a Santinha queria. Isso que ela gostava. Casa cheia. Velório com garçom.

[58]

Ela recebe a visita da amiga com o filho de oito anos. João sempre gentil:

— Quer ver os gatinhos?

Pega o menino pela mão, rumo ao quintal. Quinze minutos, o piá de volta. Lívido e trêmulo. Mais: transfigurado. Não sai de perto da mãe. De noite acorda aos gritos. A mãe pergunta o que...

— Aquele homem esquisito.

Três dias com febre, nunca mais o mesmo menino.

[59]

— Com essa megera não é que eu casei.

— ...

— Me distraí um instante, a mulher foi trocada.

— ...

— Em vez da noivinha dos meus sonhos, essa quem é, roncando ao meu lado, o bigodinho de meu sogro no nariz torto de minha sogra?

[60]

— Igual ao randevu Quatro Bicos, minha mãe prometia quatro foquinhos vermelhos na porta lá de casa — um para cada filha.

[61]

— Alô. Alô?

Pelo silêncio era ele.

— Meu bem. João, que aconteceu? Por que não chamou? Não podia mais de saudade. Eu te amo. Por que me castiga? Estou chorando, não vê?

— ...

— Você ganhou. Eu sou tua. Faça de mim tudo o que... Pode vir. A porta aberta. Te espero nua.

— ...

— Se não vier, morro de tristeza. Bebo formicida com guaraná. Ateio fogo às vestes. Me atiro da janela. Deixo um bilhete. Você, o culpado. Está ouvindo, João? Venha depressa. Não posso mais. Venha, seu desgracido.

— ...

— Por favor. Por favor.

[62]

Aparou o bigodinho e escolheu a camisa florida.
— Ele se enfeitava para a morte e não sabia.

[63]

— Uma menina, cara. Minha perdição. Quinze aninhos, já viu. Que é uma imagem. "Se não me obedece", eu digo, "conto para tua mãe."
— ...
— A dona bem-comportada lá na sala folheando uma revista.
— ...
— Aí o anjo me deixa ver: o peitinho cabe no fundo deste cinzeiro.

[64]

Na hora de assinar, todo soberbo o velhote, no seu oclinho torto:
— O meu nome, qual é? Quem mesmo sou eu?

[65]

— Chega de beijo. Arre, você me sufoca. Dá um tempo, cara. Ai, que enjoo.

— ...

— Puxa, você. Que tanto. Não quero. Já disse que não. No pescoço, não. Sinto cócega.

— ...

— Ui, que horror. Não me despenteie. Não. Me deixa. Credo, essa mão fria de defunto.

[66]

— Meu pai comprou um vibrador para minha mãe brincar. Nela não, nele. Será que — oh, não — esse paizinho querido?

[67]

Envolvendo o queixo um lenço amarrado no alto da cabeça, um nadinha torta. O clarão da vela faísca na pontinha amarela do dente. O famoso terninho preto, colete abotoado. Aqui e ali, oito rosas miúdas.

Os pés atados por um cadarço branco. Ah, não, velhinha desgraciada. Ganhou a última discussão: sapato novo de verniz, sola imaculada.

De bruços no caixão, nhá Maria espanta duas moscas teimosas, uma verde, outra azul. Calor medonho das cinco da tarde, os amigos sufocam de paletó e gravata.

— Veja. A barriguinha estofada.

Em despedida seu João na penumbra fosforesce.

[68]

Cada vez que você engole, a doce inimiga dói, brasa viva e agulha de gelo.

[69]

— Do Pretinho um fungo na cauda. Com a tesoura, tlic. Cortei a pontinha. Pingo de iodo, já saltou na água. A manchinha branca sumiu. Veja, está bom, no maior gosto.

O aquário atacado por bactéria assassina. Os queridos peixinhos girando de costas e cabeça para baixo. Em desespero, descabelada, ela roía a unha. Só o Pretinho escapou.

— Sabe que peixe se suicida?

Alucinado de ciúme, ao vê-la entretida com o Pierrô, pulou fora do aquário. Ela ouviu o baque, era tarde. Achado no tapete, mal o apertou no coração, o último suspiro. Conserva-o na caixinha redonda, forrada de pétalas de rosa, ali sobre o piano.

[70]

Adormecida ao lado, João a insulta: água você secou, laranja você murchou, leite coalhou, rosa se despetalou, vinho azedou; sumo eu te engoli, pó eu te varri, caroço eu te cuspi.

[71]

— No escritório dele, onde a gente transa, tem dois quadros. Na outra sala, quem espia pelo olho mágico no meio dos retratos?

[72]

O velho compra um naco de queijo e avisa:
— Se você pega eu te corto em pedacinho.
A velha tem de pegar quando limpa o armário. Daí recebe um tapa na orelha, dois empurrões e cai sentada.
— Gostou, sua diaba?

[73]

Basta você beijar o pé da mulher, ela te espezinha.

[74]

— Três da tarde, no intervalo da aula de geografia. A Gracinha…
— … sentada no colo da professora. O livro caído no chão.
— As duas se abraçando e se beijando.
— Na boca. De olho fechado.
— E todas as meninas espiando ali na janela.

[75]

— Um olhar, um gesto sincero não vale mais? Fingir não sei, João. Você não me deixa mentir.
— Claro que deixo, amor.

[76]

— Lá vai a Maria. Gingando a velha perna de borracha. Sabe que gosta de baile?
— Depois que ela perdeu a perna...
— Mas não dança. Só acompanha as filhas.
— ... o João ainda fez a caçula.

[77]

Assustada, a velha pula da cadeira, se debruça na cama:
— João. Fala comigo, João.
Geme lá no fundo, abre o olhinho vazio:
— Bruuuxa... diaaaba...
— Ai, que alívio. Graças a Deus.

[78]

Sorrindo nuazinha ofereceu coleção de cartões eróticos.
— Melhor que eles é olhar para você.

[79]

Era domingo. Bebemos meia garrafa de pinga. Transamos numa boa. E sentamos na varanda para tomar sol.

Ela começou a me fazer cócega. Eu não gosto. Com raiva lhe dei um soco na cara e um pontapé na barriga.

O docinho caiu e pensei: "Essa aí está bêbada". Porque não se mexia, joguei uma caneca d'água no rosto. Não se levantou.

Bem eu gostava dela. Cheguei perto. Chamei três vezes. Você respondeu? Nem o docinho.

[80]

Do meu coração ela fez almofada furadinha de alfinetes.

[81]

No jardim da saudade o homem de mão dada com o menino. Ao longo da grama verdinha, em silêncio por entre as lousas brancas. Diante do túmulo querido baixam a cabeça e sussurram uma prece.

— De que você mais gosta, meu filho, quando vem aqui?

O murmúrio sereno da pequena cascata nos degraus de pedra. As árvores anãs. O canteiro de imaculados seixos redondos. O jogo de sombras na trilha sinuosa do bosque.

Ao longe, na rua, os carrinhos de pipoca, sorvete, cachorro-quente.

E o menino, banguelo e feliz:

— De comer.

[82]

— Meu marido levou um travesti para transar com a gente. Ele me beijou o seio, eu amamentava ainda o filho. Fui ao banheiro e, chorando, lavei, lavei.

[83]

Querida, volte para mim. Sinto muita falta. Maria, não dormi nada. Ontem não jantei. Ai, eu sofro demais. Arrependido, passei a noite chorando. Lidar na cozinha e no tanque você não carece. Tudo o que pedir eu dou, até o que não tenho. Só quero você e que não me abandone. Maria, que conheci descalça e o vestidinho rasgado. Maria, que embalei no colo. Doente, quem te dava banho? Se preciso beijar o teu pezinho, eu beijo. Agora eu vi como estava errado. Nem um copo d'água eu te peço. A santa pombinha pode até comer da minha mão. Você vem, amor?

[84]

Em agonia, roncando e gemendo, afasta a boca medonha da velha:
— Só me beije depois de morto.

[85]

— Meu pai foi me dar uma surra e nessa hora me ergueu do chão pelos peitinhos.

[86]

Pronto me calo, a minha mão ponho na boca. Todas as noites do velho são dores, eis que vem o fim. No tempo das aflições minha alma é uma lesma aos uivos que retorce o chifre e se derrete no sal grosso. Devo catar as migalhas debaixo da mesa? Morder a pelanca do meu braço? Comi a gordura, engoli as delicadezas, cuspi os ossinhos da sambiquira. E fui deixado só com o buraco do meu umbigo. Agora me deito e sem falta morrerei.

[87]

Uma sanguessuga das gordas é o teu amor, grudada na minha nuca.

[88]

— Me apaixono por um velho, ele não me quer. Será que nem o último dos velhinhos a Maria da Luz merece?

[89]

O cão olha para o menino: o sol que move a lua, os planetas — e o seu rabinho.

[90]

— Do Lelé não se lembra? O mocinho que no carnaval aspirava éter no lenço. Morreu no sanatório, sabia?

— Que peninha.

— Por amor de mim, que dele não gostei.

Ah, fingida: bem que, chorando, rasgou o retrato dele na primeira comunhão, atirou no poço a velha gata da família, quebrou a caneca do *Amor* em letra dourada.

[91]

— Não fale, amor. Cada palavra, um beijo a menos.

[92]

Tarde de verão, é levado ao jardim na cadeira de braços — sobre a palhinha dura a capa de plástico e, apesar do calor, manta xadrez no joelho. Cabeça caída no peito, um fio de baba no queixo. Sozinho, regala-se com o trino da corruíra, um cacho dourado de giesta e, ao arrepio da brisa, as folhinhas do chorão faiscando — verde, verde! Primeira vez depois do insulto cerebral aquela ânsia de viver. De novo um homem, não barata leprosa com caspa na sobrancelha — e, a sombra das folhas na cabecinha trêmula, adormece. Gritos: *Recolha a roupa. Maria, feche a janela. Prendeu o Nero?* Rebenta com fúria o temporal. Aos trancos João ergue o rosto, a chuva escorre na boca torta. Revira em agonia o olho vermelho — é uma coisa, que a família esquece na confusão de recolher a roupa e fechar as janelas?

[93]

— Maria, vamos juntos no enterro. De carro com chofer. Comendo broinha de fubá mimoso.

[94]

— Desde que vi meu pai aos beijos com a pretinha, jurei que com brasileiro não casava. Casei, sim, com um gringo, de nome Amparo. Ai, o que ele me fez nem queira saber.

[95]

No velho asilo, uma das órfãs — na mesma doçura trança lindas toalhinhas de tricô — amansou de sua cadeira de rodas uma pombinha branca. Aonde vai ela, vai a pombinha, só se afasta no ligeiro voo entre os muros do pátio — a paralítica estala os dedos em aflição. Estende uma vara gasta pela mãozinha úmida e trêmula — a ave já desce, obediente. Da varinha salta para o ombro, as duas beijam-se na boca. Em volta pipiam as meninas medrosas da inválida e deslumbradas com o bichinho pomposo, a cauda aberta em leque, exibindo-se de galocha vermelha. Naquela manhã, a pombinha morta. Geme a aleijada sem sossego: a ave defendida numa caixa de sapato, não deixa que enterrem. Para acalmá-la, dão-lhe outra pombinha branca, e o que faz? Crava-lhe no peito as agulhas de tricô.

[96]

No carnaval das ilusões perdidas, você faz tua fantasia de luxo com treze mil e uma asinhas de mosca.

[97]

Ela me dá um tapa no rosto.
— Você não é homem.
Agarro o punhal, um golpe de raspão no pescoço. Quando afundo na barriga, ela geme:
— Agora eu descanso.
De baixo para cima, enfio mais uma vez. Só para não sofrer.

[98]

— Teu seio mais lindo — já viu dois gatinhos brancos bebendo leite no pires?

[99]

Com a mulher e os filhos no barraco de duas peças você não é menos reinador que o césar Tibério na ilha de Capri.

[100]

A bruxa em trapos, banguela e bêbada, num sorriso para o bicho barbudo de saco nas costas:
— Amor, tem um cigarro aí?

[101]

De gênio muito ruim. Brabo e violento, qualquer bobagem bate na gente. Quebra tudo. De mim tira sangue.
— Te mato de arrocho de goela.
Cospe na minha cara. Afoga o pescoço. Me arrasta pelo cabelo. Não é que o puto pede perdão? Arrependido, me beija o pé. Assim a vida da gente.

[102]

Só de vê-la — a doçura do quindim se derretendo sem morder — o arrepio lancinante no céu da boca.

[103]

A velha morre do medo de morrer. Cinquenta quilos reduzidos a trinta e cinco, quase cega. Pragueja o companheiro, ameaçando com a bengalinha trêmula. No último dia, a cisma de que se espirrasse não morria. Espreme-se toda numa visagem:

— Pronto, espirrei. Hoje não…

Resfriada, espirra e espirra. João prepara o chá de sete folhas — da janela atira um beijo e dirige galanteio obsceno, quem pode ser? Lá na cama, ao terceiro espirro, a sua velha é finadinha.

Primeiros dias o pobre chora muito — as filhas até escondem o revólver. Suspira, ai, sem sossego, ai. Ele, que nunca foi de igreja, três missas manda rezar. Aflita, uma das filhas vai bem cedo visitá-lo. Não é que surpreendido, atrás da porta, fazendo arte com a criadinha?

[104]

Bolem na vidraça uns dedos tiritantes de frio — a chuva.

[105]

— O sargento, esse, era homem. A sombra na calçada cobria a minha. Bem sentado, era aquele volume, estalava o sofá vermelho. Bigodão negro, cheirando forte a cigarro. Um pelego crespo no peito. Ah, desgracido. Me escapuliu pelo vão do dedo. Ainda hoje, toda derretida.

[106]

O grito da menina diante da cadelinha que deu cria:

— Venha ver, mãe. Tadinha da Fifi. Ai, toda em pedacinho.

[107]

Ela cai-lhe nos braços, toda trêmula. Nem falar pode, assustada. Desabotoa o casaquinho — *cuidado, querido, o pregador!* Ele se desfaz da gravata.

Aos beijos, de pé. Aos beijos, sentados. Deitados no tapete, rolando.

— Quer que morda ou beije?
— Sim.
— Beije ou morda?
— Sim. Ai, sim.
— O que você quer, anjo? Fale.
— Ai, sim.

Essa aí a grande tarada do sim, sim.

[108]

A velha insônia tosse uma, duas, três da manhã.

[109]

Ele afoga-se em rum, gim, o medonho conhaque. Proseia com os vampiros da hora morta. Sobre o quê? Na mesa de bar assunto não falta.

Dorme de dia, vagueia à noite. Não se levanta antes das seis — hora ingrata e dúbia, ainda pode ser dia. Depois tudo fácil. O primeiro cálice aquieta o tremor da mão.

Fim de noite com a poetisa laureada. No bolso a famosa obra *Vênus no convento ou Mil noites do apache*. Ela folheia aqui e ali: coxa nacarada, instrumento de tortura, porta do paraíso.

— Tem coragem de...?

Dá-lhe as *Cartas a um jovem poeta*. João põe-se a ler, ela demora no banheiro — eis que surge, inteirinha nua, de óculo, rebolando na rumba. O tempo que durou o caso, o doutor pede as cartas de Rilke e, assim que acha o nome de Franz Xaver Kappus, exibe-se em toda a força do homem.

[110]

Na esquina o velho com a cesta do eterno amendoim. A cada um que chega:

— O que vai querer?

Assim tivesse, além do amendoim torradinho, uma cesta de muitas delícias.

[111]

Às sete da manhã — nauseado, a mão trêmula — diante do prato frio de canja.

— O doutor aonde vai?

— Dormir.

— Nunca faça isso, doutor.

Uma boleta e lá estão os dois no aniversário da bailarina.

— O doutor é dos nossos — e o rei Candinho, babando na gravata de bolinha, chora no seu ombro.

Na ronda dos bares, saudado por todos os cafetões da noite, lhe oferecem licor de ovo com gelo picado, servido em canudinho.

— A isso cheguei.

— É um prazer, doutor.

O garçom estende-lhe o envelope machucado: *Não acha que já se divertiu bastante? Volte para casa, João.*

Cambaleando vai ao banheiro, afronta-se no espelho. Sete anos bêbado, sim, mas não de álcool.

— Adeus, rato piolhento de esgoto.

Não só voltou como, alegria da mãe, estava curado da faca no coração — e nunca mais se embriagou.

[112]

Topi: o som de um só rabinho que bate palmas.

[113]

Ele encerra mais uma discussão:
— Ó grandíssima cadela!
— É você, carniça.
Enfia o chapéu e, quando abre a porta, dois tiros pelas costas, um na coxa esquerda, outro de raspão na virilha. Volta-se, agarra-lhe o pulso, recebe terceiro tiro no pé direito.
— Me acuda, que vou morrer.
Maria muito arrependida, de joelho e mão posta.
— Não sei onde a cabeça.
E correndo pela rua aos gritos:
— Eu matei o bichão.
Sentado no tapete xadrez, encharcado de sangue, bem quietinho. Sete dias no hospital, sorte não ficar imprestável como homem. O jovem médico, na despedida:
— Toda mulher é assassina. Cuidadinho, seu João.

[114]

O homem e o filho e o neto, raça de víboras do pó.

[115]

De repente o bofetão na orelha, que a derruba na cama — pode ser com força, não deixa marca.

— Ai, bem. Que é isso?

É tarde: ligeiro a cavalga, domina os frágeis pulsos. Na maior doçura alisa o rostinho em fogo:

— Tão lindinha, não sei o que... Ai, mãezinha, você aqui. Que rostinho mais... Como estou tremendo. Veja só.

Olha-o com medo de outro tabefe. Mãos trôpegas sobre a blusinha xadrez. Geme, baixinho:

— Ai, ai. Não posso. Não tenho coragem.

Sacudido de tremores:

— Ai, Senhor. Não mereço.

Descobre o umbiguinho. Tapa-o mais que depressa.

— Não pode ser.

Funga e pasta no pescoço de cisne branco.

— Você acaba comigo. Vou ter um ataque.

Enterra as patinhas, mosca se afogando na compoteira de ambrosia.

— Não. Você me mata. Não faça isso.

Olhe a menina, coitadinha. Qual é a tua, cara? Igual a qualquer outra, dois braços, duas pernas.

[116]

A chuva sovina conta e reconta suas moedas nas latas do quintal.

[117]

Outra vez montado na eguinha mansa. Repuxa a blusa, ela ergue os braços. Aquela gritaria:

— Não é verdade. Nunca vi... Seinho tão lindo.

Entre um e outro, não sabe qual:

— Se aperto, sai leitinho? Aqui eu mato a sede. Duas broinhas de fubá mimoso.

Respira fundo. Salta da cama. Bebe uns goles.

— Se não me acalmo. Você me mata.

Mão gaguejante no peito:

— Disparou, o relógio... Nunca me aconteceu.

Bem quieta, os seios empinados: bonitinha, sim, mais nada. Qual a razão do escândalo?

Outra vez pendurado no biquinho rosa, gira-o de olho perdido:

— Qual o segredo do cofre? Me conte, anjo. A combinação, qual é? Ah, me conte.

Na pontinha da unha a estação de rádio clandestina, sem aviso, sai do ar.

[118]

O vaga-lume risca um fósforo outro mais outro sem acertar a chave na porta.

[119]

Monstro de mil caras, desta vez quem seria? O confessor na cela da freirinha de sete saias, a madre escutando atrás da porta? Um estropiado de guerra, a enfermeira nua pendurada ao seu pescoço, no giro vertiginoso da cadeira de roda? O noivo, de pé no corredor, rasga em tiras a calcinha, os pais da menina assistindo à novela na sala? Quem sabe o velho leão fugitivo do circo... Ela a domadora de botinha preta e chicotinho?

[120]

Moço, você devia honrar e obedecer em tudo aos pais.

Você, pai, deve compreender e tudo perdoar aos filhos.

Afinal, quando chegará tua vez?

[121]

A moça vaidosa apertou demais a cinta. Assim deste tamaninho nasceu a criança. O que é pior, sem uma orelha.

Morreu de poucos meses, era um menino: lesão congênita. Os pais não quiseram ver o pobre anjo.

A avó ficou embalando o corpinho, envolto no lindo cobertor rosa. Logo improvisado o caixão no fundo do quintal.

Vai aninhá-lo no caixote forrado de papel crepom azul e branco. Só que o avô protesta:

— Com esse, não.

Olha, surpresa.

— Ele é novo.

Obrigada a desmanchar o embrulho. E refazê-lo no velho cobertor cinza de soldado.

[122]

Não se contém e babuja o seio, peregrino que bebe água na concha da mão.

— De qual dos dois gosta mais?

Agarra-os ao mesmo tempo, qual deles? Entre os dois minha língua balança. Como dar conta com uma só boca?

[123]

Solteirão hipocondríaco, trabalhando na farmácia, se injeta diariamente dose generosa de vitamina C. Do excesso, brotam cem furúnculos no pescoço. Para se desintoxicar, uma estação de águas.

Lá conhece uma santa senhora, muito feia, com descamação na pele. Solitário e aflito, se permite nos braços da vizinha uma noite de consolo.

Meses depois, cada um na sua casa, ela telefona: *Estou grávida*. Regra moral ou lei religiosa, ele casa, infeliz para sempre. E, sendo pouco, resfriado um, gripada outra.

[124]

Você inclina-se para beijar o umbiguinho... E nunca chega lá. Busca uma palavra no dicionário, distrai-se com outra e mais outra, da primeira já não lembra.

[125]

É gesto de desprezo? Ofendida, o rosto em fogo, depois lívido. Morde o lábio, apanha as notas, guarda na bolsa.

— Só por meus filhos aceito este maldito dinheiro.
— Ah, é? E para os teus machos o que sou? O velho coronel?
— Não sou vagabunda.
— Então o que é?
— Pois bem. Eu sou. Puta de rua. Puta rampeira e fichada. Puta de todos os machos. Menos de você.

O velho encosta-se na porta e abre os braços — um elástico branco em cada manga.

— Daqui não sai.
— Mais nada entre nós.
— É a despedida. Última vez.
— Não e não. Tudo acabado.

[126]

Se Pedro, que era Pedro, negou três vezes a Jesus, e mais era Jesus, por que não podia ele renegar o pobre pai?

[127]

Óculo embaçado, bigode trêmulo, bem rouco:
— Eu quero você. Daqui não sai.
— Abra já essa porta. Abra ou se arrepende.
— Fale mais baixo.
— Se eu deito nesta cama, você nunca mais se levanta.
— ...
— Te deixo mutilado, crucificado, castrado.

Em derrota, baixa os braços, afasta-se da porta.
— Não grite. Por favor.

Ela ajeita a bolsa no ombro. Para ver o que tinha perdido, a blusa meio aberta, sem sutiã. Ali o negro Jesus, ele sim, crucificado de delícias entre os dois biquinhos róseos.

— Desculpe, querida. Meu naco de pão. Fique. Meu copo de vinho. Só um pouco. Minha última ceia.

— Adeus, doutor. Para nunca mais.

Loira de raios fúlgidos, vestido vermelho, espirra fogo da botinha dourada.

[128]

Amor — ó lírio ó petúnia ó rosa que perfumam no escuro o quarto vazio.

[129]

Ele acena ao filho, que se debruça na cama:
— Mandou consertar...
— Sim, pai. O relógio.
— Como é... o coisa...
De repente gagueja frase desconexa. Pensa uma coisa, a boca torta diz outra. Cômico sem querer. Aflito até as lágrimas no esforço de falar.

Recusa a comadre. Contra as ordens do médico, vai ao banheiro. Lava as mãos. Penteia o cabelo. Abre a boca — e, antes do grito, cai fulminado.

[130]

O menino infeliz, bracinho pro céu:
— Colvo, me leva.

[131]

O jantar para os dois casais amigos. Na parede uma das mulheres nuas de Modigliani.

Tanta festa, muito riso: o lombinho uma delícia. Até que um dos maridos:

— Essa moça do quadro. Ela sorri para você?
— É o meu consolo das horas mortas.

A dona acode, oferecida:

— Ela sou eu, não é, bem?

Um murro na mesa estremece prato e espalha talher:

— Ela é você? Quando você teve esse amor desesperado nos olhos? Esse perdão infinito na boca?

Outro soco espirra vinho tinto na toalha:

— Não se conhece, sua bruxa?

[132]

Os nossos mortos muito segredo têm a contar
e você, ingrato, nem uma vez quer ouvi-los.

[133]

— Só chega tarde em casa. Já esqueceu do teu
pai? Da barriga-d'água? Nas tuas filhas não pensa.
Já não me respeita. Não passo de uma vítima, uma
negra, uma escrava.

Epa, não mais heroína, mártir, santíssima?

[134]

Se foi plano de Deus, bem sei, devo me conformar. De dia me distraio na oficina. Mas de noite? Pensando nela me bato a noite inteira. Minha cama, nela eu deitava. Colcha de pena de colibri, com ela me cobria. Doce cadeira de balanço, nela me embalava. Apagada a luz, erguia a camisola. Cego, de repente eu via — no lombinho tão branco duas luas fosforescendo.

Saudade judia do corpo? Sinto a vista cansada, mal posso ler. Toda manhã, quando faço a barba, ainda aparo o bigode. Ela morreu, e não raspei o bigode. Três dias que o olho está seco. Me esbofeteio com força — chora, maldito.

[135]

— Que loucura, João, beber tanto.
— Mais loucura não é, depois de bêbado, voltar para casa?

[136]

Qual o motivo, me diga, para matá-lo? Me presenteou uma camisola nova e uma samambaia. Ele me dava tudo, era cigarro, era calcinha de renda. Depois fez o que mais gostava: as unhas do meu pé. Foi a noite da despedida.

Um amorzinho bem gostoso. O despertador marcando as cinco. O revólver ali em cima da mesinha. Dormi e sonhei com um rio de água negra me levando.

Ele acende a luz, antes do relógio tocar. Pergunta se o trato ainda vale. Respondo que sim. Se um não pode ser do outro, o jeito é pôr um fim em tudo.

Aponta no ouvido esquerdo, sorri para mim, aperta o gatilho. É a minha vez. O relógio dispara, um sinal de Deus. Vejo aquela sangueira, penso nos dois filhinhos. Não, a vida é boa.

[137]

Esta cidade é pequena demais para nós dois — ela e eu.

[138]

— Nada espero da vida. Mas não posso te ver comendo. Sei que é triste para a mulher sentir nojo do marido. Você chupa a colher se fosse tua última sopa. Come o pão e cata as migalhas se eu fosse te roubar. Não sei o que fiz a Deus para esse castigo mais desgracido. Fui boa mulher, ainda que tenha nojo. Lavo tua roupa, cozinho tua sopa, deito na tua cama. Faço isso até morrer. Me peça o que quiser. Só não me sente a essa mesa com você e tua sopa mais negra.

[139]

Cinquenta metros quadrados de verde por pessoa
de que te servem
se uma em duas vale por três chatos?

[140]

Blusa branca de renda e saia azul, estende-se ao lado dele. Olha-a na penumbra e sorri. Afaga o longo cabelo dourado. Desabotoa a blusa. Tira o sutiã — sabe o que é um peitinho de quinze anos?

Ela um passarinho morto. Mas o coração aos pulos. O que é que ele quer? Cada vez mais perto.

— Nunca teve namorado?
— Credo, João.

Beijo molhado de língua. De mim o que fazendo? Ele abre o fecho da saia. Só de calcinha. Toda fria, pesada, mole. O peitinho, como bate. E começa a chorar.

— Quero ir embora.
— Seja bobinha. Já passa.

Ao tirar a calcinha, ele rasga.

[141]

Na porta o doutor previne:

— Todo cuidado é pouco, dona Maria. Se ele tiver sonho ruim, não acorda. Se tomar café preto, é o último. Se espirrar, mortinho no fim do espirro.

[142]

Ao tirar a calcinha, ele rasga. Puxa com força e rasga. Vai por cima. Ó mãezinha, e agora? Com falta de ar, afogueada, lavada de suor. Reza que fique por isso mesmo.

Chorando, suando, tremendo, o coração tosse no joelho. Ele a beija da cabeça ao pé — mil asas de borboleta à flor da pele. O medo já não é tanto. Ainda bem só aquilo. Perdido nas voltas de sua coxa, beija o umbiguinho.

Deita-se sobre ela — e entra nela. Que dá um berro de agonia: o cigarro aceso queimando em brasa viva. Mas você para? Nem ele.

[143]

Guerra conjugal: as mil e uma batalhas da minha, da tua, da nossa Ilíada doméstica.

[144]

— Essa menina é minha tentação. Eu beijo. Eu mordo. Eu me perco, doutor.

— Não tem medo, seu João? Na sua idade... Se o coração dispara?

— Só fortifica. Tratamento nunca fiz. Não deixo herança.

— Com tantos bens...

Brilho fulgurante do dentinho de ouro.

— Eu não morro nunca. Nós rolamos no tapete. Ela vem por cima. O doutor não sabe de nada.

Morre de repente esse velhinho. De vergonha a família não convida para o enterro.

— Já contei da almofada?

Nem para a missa de sétimo dia.

— Da bala azedinha, doutor?

Impávido, o terceiro motociclista do Globo da Morte.

— E do espelho no sofá?

[145]

A gringa rumbeira para o novo coronel:

— Pero, que sí. A escrava de tus desejos. Só me permita, papito, no momento supremo, em tus braços, a usted chame Candinho.

[146]

Três da manhã. Salta do táxi, cambaleia no jardim. Acesas todas as luzes — a famosa terrorista. No quarto, ela embala a filha menor, cabeceando e cantarolando.

— Com dor de barriga. Não acaba de chorar. Será que...

Ele agarra o travesseiro, direto ao sofá da sala:

— Não chore, filhinha. Que a mãe já para de cantar.

[147]

Sua mãozinha gélida e mole, uma luva de crochê vazia.

— Facilite, você. Ainda tropeça e cai. Que a funda escapa...

Condenado ao maldito boné xadrez, à manta de lã no joelho, à cadeira de inválido no fundo do quintal.

— ... e a hérnia estrangula.

Nos braços da menina de quinze aninhos não será o último suspiro.

[148]

— Monstro. Igual ao pai. Coragem de me bater!
— Por que provocou?
— Motivo tão fútil...
— É o mais grave. Todo grande crime é por motivo fútil.

[149]

Machão, eu? O mais reles dos ratos piolhentos do amor. Sem honra nem palavra, por mim não respondo, todo me ofereço à vergonha e humilhação. Lembra da aranha? Você cortou com a tesoura as oito patas — cada uma ainda quis andar sozinha... E se distraiu a vê-la desfiar do ventre o recheio verde. Essa aranha roxa, ali no piso branco, sou eu. Mudo me retorcendo de tanta dor. Deliciada, eu sem braço nem perna, debaixo do teu sapatinho prateado?

[150]

Corta essa, cara. De que serve fazer bem uma gaiola dourada se nenhum passarinho quer entrar?

[151]

Na exumação do Nonô, ali presentes para evitar a profanação.

As tábuas do caixão apodreceram igual uma flor que se abre. Da roupa nada sobrou. Os ossos já se desmanchando, esfarelados. Do Nonô o que restava?

As barbatanas da camisa. Alguns botões. Um sapato quase no fim. Outro até de cordão. No meio dos ossos o rosário de contas negras.

A caveira meio de lado... E um grito da Biela:

— O Nonô enterrado vivo!

Se a família não bate na mão do coveiro, lá se vai o teu dentinho de ouro.

[152]

Guerra conjugal: as mil e uma batalhas sujas de trincheira, entre baratas e ratões, os pés na lama, tossica a metralhadora, gás mostarda no pulmão, carga suicida de baioneta, a boca no arame farpado, mina explode a tua virilha, o que mais?

[153]

Ele sai do banheiro, a toalha na cintura.
— Pai, deixa ver o teu rabo.
É a tipinha deslumbrada no baile da debutante de três anos.
— Rabo, filha? Ah, sei. O bumbum do pai?
— Seu bobo.
— ...
— Esse pendurado aí na frente.

[154]

Espiou-a encher o copo no filtro, sorver a metade e deixar o resto.

— Essa aí nem beber água sabe.

[155]

— Ah, é? Me mate se for homem. Nem para matar tu é macho.

Nunca desejei essa desgraça. Foi quando ela desviou o cano. Viu que ia me atirar. Por que fez isso?

— Não seja fingida, menina.

Ela está ferida.

— Levante-se daí do sofá.

Preciso pedir socorro.

— Por que está gemendo?

Tem um buraco no olho. Sai sangue.

— Mãezinha, acorde.

Não é nada, ó cara. Ela só dormindo. Eu, eu fiz sem querer. Eu a amava. Só ela, meu Deus, não entendia.

— Fale comigo, menina.

[156]

— Levo o bando de carro ao colégio. No trânsito infernal, não param quietos. A Cidinha é a pior, coitada. "Chega, minha filha. Não grite tão alto." E ela: *Bá, bá, bá, pum, pum, pum*. "Por favor, meu anjo. Assim fico mais retardada que você."

[157]

Sozinha, na rua escura. Lá vem o negrão. Dou três passos, agarrada por trás. *É um assalto*, ele diz. *Um grito. E já te corto.*

Me arrasta para longe. Arranca toda a roupa, inteirinha nua. Mão junta, gemendo e chorando: "Meu Jesus Cristinho. Leve tudo. Pode levar. Só me deixe em paz. Por favor, não faça mal. Uma pobre mulher doente".

Com ele não tem Jesus Cristinho. Ali no matinho o palco de minhas sete mortes. Sem pressa ele me desfruta. De todas as maneiras. O que nunca pensei na vida o negrão fez. Ai de mim, não me sujeito, esganada por ele, não está de brincadeira. Me trata o tempo todo de vagabunda e nomes contra a moral. Ainda resisto, me cobre de socos, acerta o ouvido e sangra o nariz.

Serve-se à vontade, mais de uma vez se regala. De joelho peço que tenha pena. Tudo o que fez já não basta? Quatro da manhã, me deixa na esquina. Larga o meu braço, some na escuridão, ele e sua catinga.

Agora, o pior: abro a porta, meu Deus. E olha para mim, o pobre João.

[158]

— A velha era só aquele ronco feio. Durou poucas horas. Com o último soprinho a lamparina apagou no copo. O relógio da sala bateu as três. Uma corruíra cantou na pitangueira.

[159]

Na rua escura, sozinha, lá vem a coroa. Garro por trás e afogo o pescoço. "Quietinha", eu digo. "Ou já te apago."

Levo pro matinho, a par da linha de trem. "Todo mundo nu", eu digo. Ela mais que depressa. Então me sirvo.

A tia bem legal. Faz direitinho. Aceita numa boa o que você quer. Não dou soco nem digo nome feio. Podes crer, amizade.

Ela não reclama da brincadeira. Até sorri, quem está gostando. Não acho que tem motivo de queixa. A história dela é bobeira. Isso aí, bicho. Sem complicar. Tudo dentro dos conformes.

[160]

Ai de Sansão, fosse bom amante, não o trocaria Dalila por um filisteu qualquer.

[161]

Dois inválidos, bem velhinhos, esquecidos numa cela de asilo.

Ao lado da janela, retorcendo os aleijões e esticando a cabeça, apenas um consegue espiar lá fora.

Junto à porta, no fundo da cama, para o outro é a parede úmida, o crucifixo negro, as moscas no fio de luz. Com inveja, pergunta o que acontece. Deslumbrado, anuncia o primeiro:

— Um cachorro ergue a perninha no poste.

Mais tarde:

— Uma menina de vestido branco pulando corda.

Ou ainda:

— Agora é um enterro de luxo.

Sem nada ver, o amigo remorde-se no seu canto. O mais velho acaba morrendo, para alegria do segundo, instalado afinal debaixo da janela.

Não dorme, antegozando a manhã. O outro, maldito, lhe roubara todo esse tempo o circo mágico do cachorro, da menina, do enterro de rico.

Cochila um instante — é dia. Senta-se na cama, com dores espicha o pescoço: no beco, muros em ruína, um monte de lixo.

[162]

Dividido entre os dois amores, ele portava no bolso direito a medalhinha de N. S. do Perpétuo Socorro, fé da mulher. E, no esquerdo, uma caixa de bolinhas alucinantes, devoção da outra.

[163]

Amanhã faz um mês, ai não, a Senhora longe de casa. Primeiro dia, na verdade, falta não senti. Bom chegar tarde, esquecido na conversa de esquina. Não foi ausência por uma semana: o batom ainda no lenço, o prato na mesa por engano, a imagem de relance no espelho.

Com os dias, Senhora, o leite primeira vez coalhou. A notícia de sua perda veio aos poucos: a pilha de jornais ali no chão, ninguém os guardou debaixo da escada. Toda a casa um corredor vazio, até o canário ficou mudo. Não dar parte de fraco, ah, Senhora, fui beber com os amigos. Uma hora da noite eles se iam. Ficava só, onde o perdão de sua presença, última luz na varanda, a todas as aflições do dia?

Sentia falta da pequena briga pelo sal no tomate — meu jeito de querer bem. Acaso é saudade, Senhora? Às suas violetas, na janela, não poupei água e elas murcham. Não tenho botão na camisa. Calço a meia furada. Que fim levou o saca-rolha? Nem um de nós sabe, sem a Senhora, conversar com os outros: bocas raivosas mastigando. Venha pra casa, Senhora, por favor.

[164]

— Me deixa tão excitada, amor, sei lá como eu ando. Já viu alguém toda torta deste jeito?

— ...

— Não bastava a maldita bengalinha?

[165]

Bem cedo João faz a barba assoviando, beija a mãezinha e avisa que o culpado de tudo é o governador — ele vai matar o governador. Monta no petiço e, a velha garrucha na cinta, rompe a galope. Longe, diante dum boteco, o tordilho cai estropiado. Ali no palanque três cavalos encilhados. João se decide pelo branco e parte em disparada, na pressa de matar o governador. O caboclo deixa no balcão o copo de pinga, sai da venda e, no instante em que o cavaleiro cruzava a ponte, saca da pistola, faz pontaria, acerta bem na nuca. Acerta o João antes que mate o nosso governador. E foi uma pena. Moço lindo estava ali.

[166]

O velho em agonia, no último gemido para a filha:
— Lá no caixão...
— Sim, paizinho.
— ... não deixe essa aí me beijar.

[167]

Um sonho tão bonito, eu e a Carmen da ópera, cantando e dançando ao estalo das castanholas. Contei para o meu marido e ele, sem piscar:
— É a cascavel no sonho da escorpiã.

[168]

— É refinada feiticeira. Coração comido de bichos, ela tem um buraco no peito. Sabe, no dia em que me deixou?
— Não me diga.
— Só de traidora degolou o casal de garnisés.
— Puxa.
— Estrangulou o canário no arame da gaiola.
— ...
— E furou o olho do peixinho vermelho.

[169]

O rei da terra, sim, quando a petiça ergue uma ponta da saia, exibe as voltas da coxa mais branquinha:
— Aqui tem bastante, meu velho, para a tua fome?

[170]

— Cansei de viver com um grande manso. Pegue os teus trapos. Suma-se daqui. Vá até o cemitério...
— Não fale assim, amor.
— ... e procure um túmulo para chorar. Já morri para você.

[171]

Chorando baixinho ao telefone, o velho perdido disca todas as combinações possíveis. Mas não acerta o número da própria casa.

[172]

— Você não é homem, cara.

Fico de pé, saco do punhal. Um golpe, outro, mais outro. Sem um grito, ela cai, derruba na mesinha copos e garrafas. Pronto se calam as vozes.

— Me acuda, João.

Consegue ainda se levantar. Cambaleia dois passos no salão. De frente, enfio o punhal. Mais fundo e de baixo para cima. Ela me abraça:

— Não me mate que eu volto.

Molhado de sangue o peitinho branco. Estende a mão esquerda, as bijuterias bolem no pulso:

— Me leva para casa.

Arrasta-se ali a meus pés. Cai de lado numa poça de sangue.

— Tua casa é o inferno, querida.

[173]

Seu João, perdido de catarata negra nos dois olhos:

— Meu consolo que, em vez de nhá Biela, vejo uma nuvem.

[174]

— Que vergonha, meu filho. Chamada ao colégio pela tua professora. O que você disse para duas meninas da classe.

— Ela que é uma bruxa.

— *Quer fazer amor, docinho?*

— Não fui...

— *Eu pago bem. Só não vale papai e mamãe.*

— ...

— E eu, cara, já pensou? Queimada viva na fogueira. A mãe do maníaco sexual precoce. O docinho das meninas e, olhe aqui, três e meio em português.

[175]

— Não gosto de você, amor. Mas não fique triste: não gosto de ninguém. Nem de minha mãe eu gosto.

[176]

— De tuas namoradas de menino, qual a mais saudosa?
— Ah, de todas a inesquecível... É fácil: o seio entrevisto da mãe de Ritinha, ao se abrir o roupão negro de seda.

[177]

Vê-lo, de verde-gaio vestido, é amá-lo. Chamado pelo título — General Pierrô! —, ergue a cabecinha. Que lhe coce o papo amarelo, inchado de gozo. Aos pulos atrás dela pela casa.

No tapete novo larga tirinha bem preta. Ela ensina-lhe boas maneiras: desviar o tapete, preferir o canto da sacada. E às nove em ponto se recolher à sua caixa de sapato para o sono da beleza.

Todo dia para ele caça o maior número de moscas; gentilmente, arranca uma e outra asinha, antes que fujam. Guloso, quer no mínimo vinte, das gordas, um fraco por varejeira azul. Naquele inverno a busca desesperada de mosca. O general definha, pálido. De carro leva-o até o banhado, ela também mosquinha de asa perdida.

— Tiau, meu pobre Pierrô.

Foge sem olhar para trás. De noite, chorando, ouve os saltos em volta da cama.

[178]

A velhinha meio cega, trêmula e desdentada:
— Assim que ele morra eu começo a viver.

[179]

— Se você me deixa, ó cara, quem espreme as tuas espinhas nas costas? E recorta no teu dedão, com tanto amor, essa unha encravada?

[180]

— Quando nos casamos, essa uma nada falou que o pai é cachaceiro e ela, ceguinha dum olho.

[181]

Os dois corações batendo só de um lado, não há o que nos separe.

Se o teu bater pra lá e o meu pra cá, daí tudo está perdido.

[182]

— Anos depois o túmulo da Rosinha foi aberto, o viúvo assistiu à exumação. O mesmo tipo frio e durão. Quem me contou foi o seu Julinho. O coveiro abriu o caixão e ali dentro, esburacada, via-se a mortalha.

— Como é que o Pestana reagiu?

— Fumando, respirando fundo, olhando para o chão. O coveiro pegou na mortalha, se derreteu entre os dedos. E surgiu uma caveira perfeita. Os cabelos loiros bem conservados. A aliança também. A longa meia de seda, inteirinha.

— Puxa, não me diga.

— O coveiro olhou para seu Julinho, que fez sinal de cabeça.

— ...

— Com os polegares de unha roxa, o bruto partiu o queixo da Rosinha. Nessa hora o Pestana perdeu a coragem.

[183]

— Nessa hora o Pestana perdeu a coragem.
— O que ele disse?
— *Não estou bem. Agora ficando tonto.* E se apoiou no ombro do Julinho. A cena foi rápida. Acho que fazem isso todo dia. Em pouco dobrado o esqueleto ali no saco.
— Tinha dente de ouro?
— Os parentes vão por isso. Senão eles profanam.
— E os cabelos ainda...
— Loiros e bem penteados. Ela morreu no fino da beleza. A única de quem o Pestana gostou.
— Por que primeiro o maxilar?
— Não me pergunte. Sei que estalou feio. O resto foi fácil.

[184]

Quem lhe dera o estilo do suicida no último bilhete.

[185]

— Três da manhã, lá vem o negro desdentado, entra no quarto, deixa uma flor na minha testa.
— E quando acorda, ela está ali?
— Como sabia? Flor é do céu. Quem manda é a finadinha.

[186]

O escritor é irmão de Caim e primo distante de Abel.

[187]

Em toda casa de Curitiba, João e Maria se crucificam aos beijos na mesma cruz.

CANTEIRO DE OBRAS

O poeta José Paulo Paes considerava as ministórias de Trevisan parentes dos koans, da tradição zen, pois, através da indeterminação narrativa, da brutalidade temática e do ascetismo da linguagem o leitor estaria impossibilitado de estabelecer um sentido unívoco ao episódio narrado, alcançando, por meio do não dito, uma espécie de revelação do absurdo da vida.

> Terça 3 janeiro 89
> Dispenso o Val, durmo dificil, acordo facil, de sonho não
> me lembro. Flexões 5', sem bici. Estas pobres notas vazias.
> No vegetariano cruzo com a mocinha. Me sirvo da salada, na
> à mesa dou a primeira garfada, epa, lá vem ela: "Lendo o
> livro de Rilke. É muito bom. Eu gosto muito do senhor." E
> agora, velhinho? Sorrio, agradeço, o que dizer? Ela senta-
> se ao lado do namoradinho. Sopa de aveia. Bolinho de soja.
> No banco, me decido afinal: nova conta. No mercado, muita
> gente, desisto. Cochilo, jornal. De volta ao banco, encerro
> a operação, o que for soará. Creme na cicatriz, ninguem per-
> gunta (a Y nem sequer notou). Na livraria, sem noticia do
> herói nanico, não foi à festa de fim de ano. Acho a tradu-
> ção do Rashomon, de Akutagawa R, que tanto procurei em vão.
> Cena do Seb alisando o jarrete da menina dos pacotes - ai,
> doce panturrilha, nem cãimbra nem varizes. Falo demais, co-
> mo sempre, quando aprenderei? Sou um orador em busca de au-
> ditorio? Sondando o efeito de um possível conto? Ao sair,
> garoa, oh, não. Meia hora à espera debaixo de uma porta.
> Salvo por um taxi providencial. Café com leite, 3 croissants
> besuntados de margarina e mel. Maçã e 3 pessegos. Chuva que
> chove, o conchego quentinho da cabana. Noticia. Seriado Ka-
> ratê Ohara (sem apóstrofe). Inicio de filminho, divertido de
> tão violento. Cama te quero. Zen Stories, outra vez? Até
> aprende-las de cor. Sem Val, passo pelo sono.

A primeira indicação de leitura de *Nove histórias* (J. D. Salinger) antecede alguns meses a de *Zen Flesh, Zen Bones*, ambas de 1965. Qualquer que tenha sido o caminho que o levou à descoberta dessa coletânea de textos zen-budistas, releu-a outras seis vezes nos anos 1990, mesmo período em que foram publicados *Ah, é?* (1994) e *234* (1997).

> gicians. I discern the highest conception of emancipation as a golden brocade in a dream, and view the holy path of the illuminated ones as flowers appearing in one's eyes. I see meditation as a pillar of a mountain, Nirvana as a nightmare of daytime. I look upon the judgment of right and wrong as the serpentine dance of a dragon, and the rise and fall of beliefs as but traces left by the four seasons."
>
> $$\frac{\begin{array}{c}12\\5\end{array}}{96} \quad \frac{\begin{array}{c}29\\5\end{array}}{93} \quad \frac{\begin{array}{c}30\\6\end{array}}{91} \quad \frac{\begin{array}{c}28\\8\end{array}}{89} \quad \frac{\begin{array}{c}3\\8\end{array}}{65} \quad \frac{\begin{array}{c}7\\11\end{array}}{12} \quad \frac{\begin{array}{c}30\\10\end{array}}{88}$$
>
> $$\frac{\begin{array}{c}4\\2\end{array}}{15}$$
>
> *101 Zen Stories* ▲ *107*

Dalton Trevisan, metódico, anotava as datas em que concluía as leituras, sempre na última página do exemplar.

© Dalton Trevisan, 1994, 2025

Todos os direitos desta edição reservados à Todavia.

Grafia atualizada segundo o Acordo Ortográfico da Língua Portuguesa de 1990, que entrou em vigor em 2009.

conselho editorial
Augusto Massi, Caetano W. Galindo, Fabiana Faversani, Felipe Hirsch, Sandra M. Stroparo
estabelecimento de texto e organização do canteiro de obras
Fabiana Faversani
capa
Filipa Damião Pinto | Estúdio Foresti Design
canteiro de obras
Acervo Dalton Trevisan/ Instituto Moreira Salles
ilustração do colofão
Poty
preparação
Huendel Viana
revisão
Karina Okamoto
Érika Nogueira Vieira

Dados Internacionais de Catalogação na Publicação (CIP)

Trevisan, Dalton (1925-2024)
Ah, é? : Ministórias / Dalton Trevisan. — 1. ed. — São Paulo : Todavia, 2025.

ISBN 978-65-5692-836-4

1. Literatura brasileira. 2. Contos. I. Título.

CDD B869.93

Índice para catálogo sistemático:
1. Literatura brasileira : Contos B869.93
Bruna Heller — Bibliotecária — CRB 10/2348

todavia
Rua Fidalga, 826
05432.000 São Paulo SP
T. 55 11. 3094 0500
www.todavialivros.com.br

Publicado no ano do centenário de
Dalton Trevisan. Impresso em papel
Pólen bold 90 g/m² pela Geográfica.